SISCO

NE TIREZ QUE SUR ORDRE !

DESSIN
LEGRAIN

SCÉNARIO
BENEC

COULEUR
PENG WANG ET
STUDIO 9

TROISIÈME VAGUE LOMBARD

TROISIÈME VAGUE LOMBARD

ALPHA
Jigounov / Renard / Mythic

ALVIN NORGE
Lamquet

CAPRICORNE
Andreas

CH CONFIDENTIEL
Ceppi

DISTRICT 77
Denys / Dugand

I.R.$.
Vrancken / Desberg

I.R.$. - ALL WATCHER
Queireix / Desberg
Koller / Desberg
Mutti / Desberg
Bourgne / Desberg

JAMES HEALER
De Vita / Swolfs

NIKLOS KODA
Grenson / Dufaux

RAFALES
Vallès / Desberg

SISCO
Legrain / Benec

VLAD
Griffo / Swolfs

À ma belle et douce femme, Héloïse,
sans qui rien ne serait...
BENEC

Première édition

D/2010/0086/54
ISBN 978-2-8036-2660-1

Dépôt légal : Janvier 2010
Imprimé en France par PPO

LES ÉDITIONS DU LOMBARD
7, AVENUE PAUL-HENRI SPAAK
1060 BRUXELLES - BELGIQUE

WWW.LELOMBARD.COM

PALAIS DE L'ÉLYSÉE.
088 TUR 75

Salut, Sisco. C'est ton tour ?
Ouais. Quoi de neuf ?
Que du vieux. Le "pacha" a ronflé, comme tous les soirs.
Allez, je file me coucher. À plus.
Aujourd'hui, changement de programme.
TUIT
Aïe... Une tuile ou une promo ?
Surprise...
Sisco, t'as lu ton ordre de mission ?
Oui, monsieur. C'est vraiment ce que je crois ?
C'était son dernier avertissement. Tu as carte blanche.
J'en aurais bien gardé un double...
CHRRTT
Et puis quoi encore ? Tu ne veux pas une bulle du pape ? Tu connais les règles de la maison, non ?

Monsieur Saint-Servan ? Le président aimerait que nous ayons un entretien ensemble.
Si le président a quelque chose à me dire, il sait que je suis à sa disposition.
Il vous propose un autre point de vue.
Je ne changerai pas d'avis.
Pour le moment, je vous demande seulement d'écouter.
J'insiste, même.
Vous avez rendez-vous demain avec la journaliste Léa Dalmont. Cette entrevue ne doit pas se faire.
Quand bien même, vous oubliez la convocation que j'ai reçue du juge d'instruction Laporte.
C'est vrai, mais il est encore dans le brouillard.
Ne dites rien et ça s'arrêtera tout seul.
Jeune homme, je n'ai pas l'habitude de mentir, notamment lorsqu'il s'agit de justice.
Qui vous demande de mentir ? Je vous suggère seulement de vous taire...

Assez ! Dites au président que je sais où est mon devoir. Il comprendra.
Tenez... Vous pourriez en avoir besoin.
C'est une menace ?!?
Vous essayez de m'intimider, mais je verrai cette Dalmont. On est allé trop loin avec Patel.
?!
Vous êtes droitier, n'est-ce pas ?
Je le savais... Un cas d'école pour un suicide.
Vous... vous êtes fou !
BANG

ZZZZZzzzzz
?!
HÉ ! VOUS !
J'AI... J'AI RIEN VU ! J'VOUS JURE !
QU'EST-CE QUE... ?!?
ARRÊTEZ !
OH, MON DIEU !
ET MERDE !!

Pressé, José ? T'as vu le diable ?
PC de Sisco. J'ai un problème. Passez-moi le patron.
Ici, Dupré.
Monsieur, c'est fait, mais un laveur de carreaux a tout vu et s'est barré.
Nom de Dieu ! Tu me rattrapes cette bourde. Et fissa.
PC de Sisco. Je veux la liste de tous les employés de nettoyage qui travaillent aujourd'hui. Photos, adresses, téléphones. La totale. Je passe la prendre dans 2 minutes.
Eh ! Mais c'est notre agent "le discret" ! Tu as perdu quelque chose ?
Ta gueule, Verrat ! Tu vas pas recommencer !
Apprends d'abord à fermer correctement la tienne et celles des autres, tocard.
Je vais peut-être commencer par toi.
C'est quand tu veux, tocard. Je serais curieux de voir ça.
C'est la liste.
Par contre, si le patron vous voit...
Pff ! Il est célibataire.
C'est un problème ?

*Géolocalisation. ** ESSAIM : système d'écoutes téléphoniques.

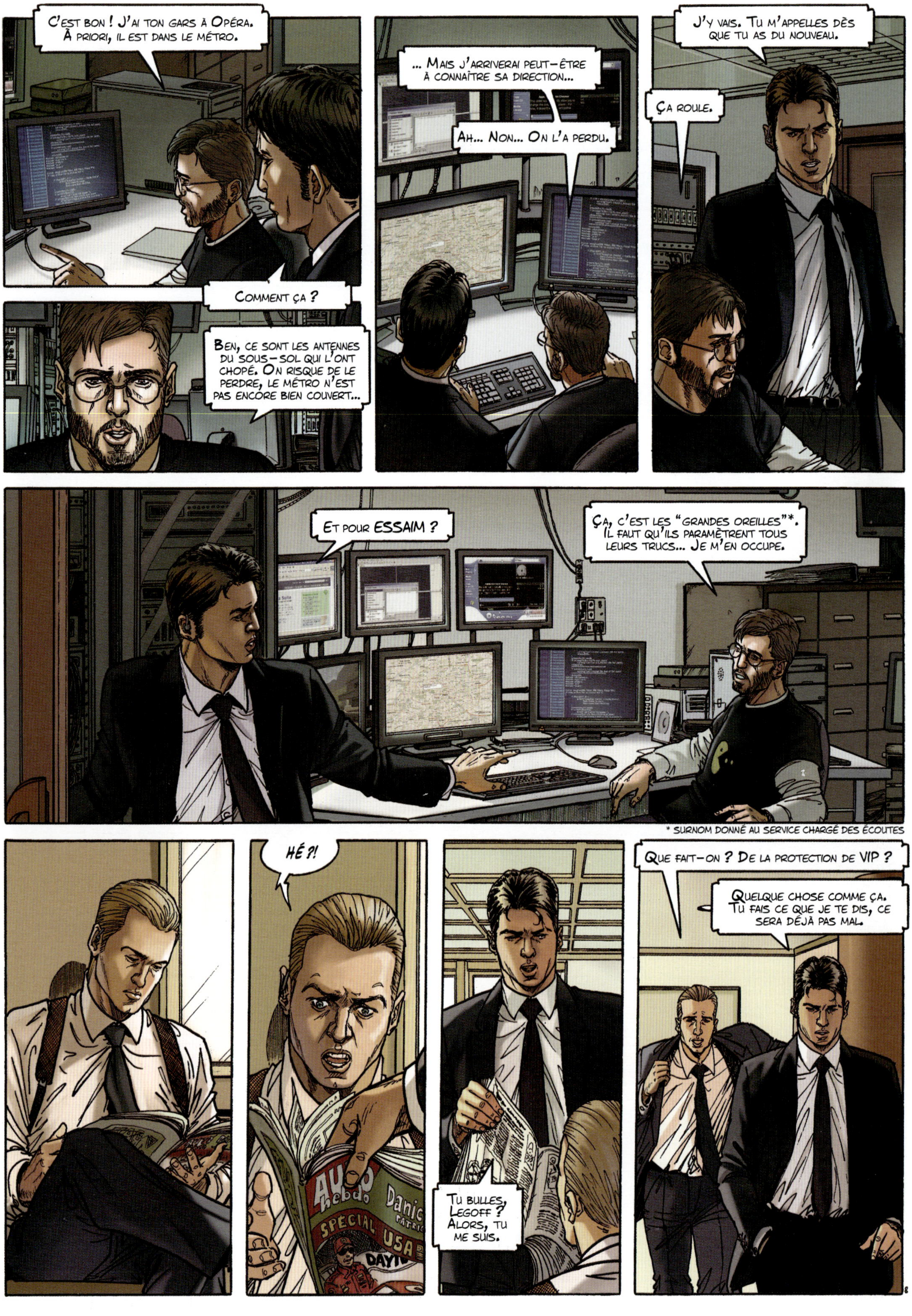
C'est bon ! J'ai ton gars à Opéra. À priori, il est dans le métro.
Comment ça ?
Ben, ce sont les antennes du sous-sol qui l'ont chopé. On risque de le perdre, le métro n'est pas encore bien couvert...
... Mais j'arriverai peut-être à connaître sa direction...
Ah... Non... On l'a perdu.
J'y vais. Tu m'appelles dès que tu as du nouveau.
Ça roule.
Et pour ESSAIM ?
Ça, c'est les "grandes oreilles"*. Il faut qu'ils paramètrent tous leurs trucs... Je m'en occupe.
* Surnom donné au service chargé des écoutes
Hé ?!
Tu bulles, Legoff ? Alors, tu me suis.
Que fait-on ? De la protection de VIP ?
Quelque chose comme ça. Tu fais ce que je te dis, ce sera déjà pas mal.

Barbès-Pigalle.
Amstel
Rue d'Orsel, c'est là, le 22. On y est.
Merde. Pas de numéro d'étage.
Toc toc
Concierge
Bonjour, madame. Enquête de routine. Nous cherchons l'appartement de M. Maretti.
Il est au 3e, c'est à gauche. Mais j'sais pas s'il est là...
Nous verrons. Merci, madame.
D'après Paul, notre homme arrive. Je l'attends dans son appart. Toi, tu te planques dehors avec sa fiche.

Vous n'avez pas de nouveaux messages...
Pff. Même pas foutu de télécharger un porno correct.
Et il ne protège pas ses mails. C'est dingue, ces gens qui n'y connaissent rien en sécurité.
Sisco ? Ton bonhomme va entrer dans l'immeuble.

Je ne le vois pas.
Je crois qu'il discute avec la concierge.
Merde. Elle va l'avertir. Chope-le !
Dégagez !
Il est où ?
Il a dû tourner... Je l'ai perdu.
Paul? T'es toujours sur l'objectif?
... Bon, on reprend la caisse. Tu nous guides.

088 TUR 75
À GAUCHE.
ENFOI...
976 BZF 75
PAUL, QUELLE DIRECTION ?
MAIS J'AI UNE BONNE NOUVELLE. LES "GRANDES OREILLES" ONT PROGRAMMÉ TON MEC SUR ESSAIM. DÈS QU'IL TÉLÉPHONERA, ON SAURA OÙ IL EST ET CE QU'IL DIT.
ON FAIT QUOI, MAINTENANT ?
DÉSOLÉ, VIEUX. JE VIENS DE LE PERDRE À NOUVEAU. IL A DÛ REPRENDRE LE MÉTRO À BARBÈS.
FAIT CHIER !
DELICES
T'EN AS D'AUTRES, DES COMMENTAIRES À LA CON ?
ON RENTRE.
T'EN FAIS PAS. UNE CHANCE PAREILLE, ÇA PEUT PAS DURER.

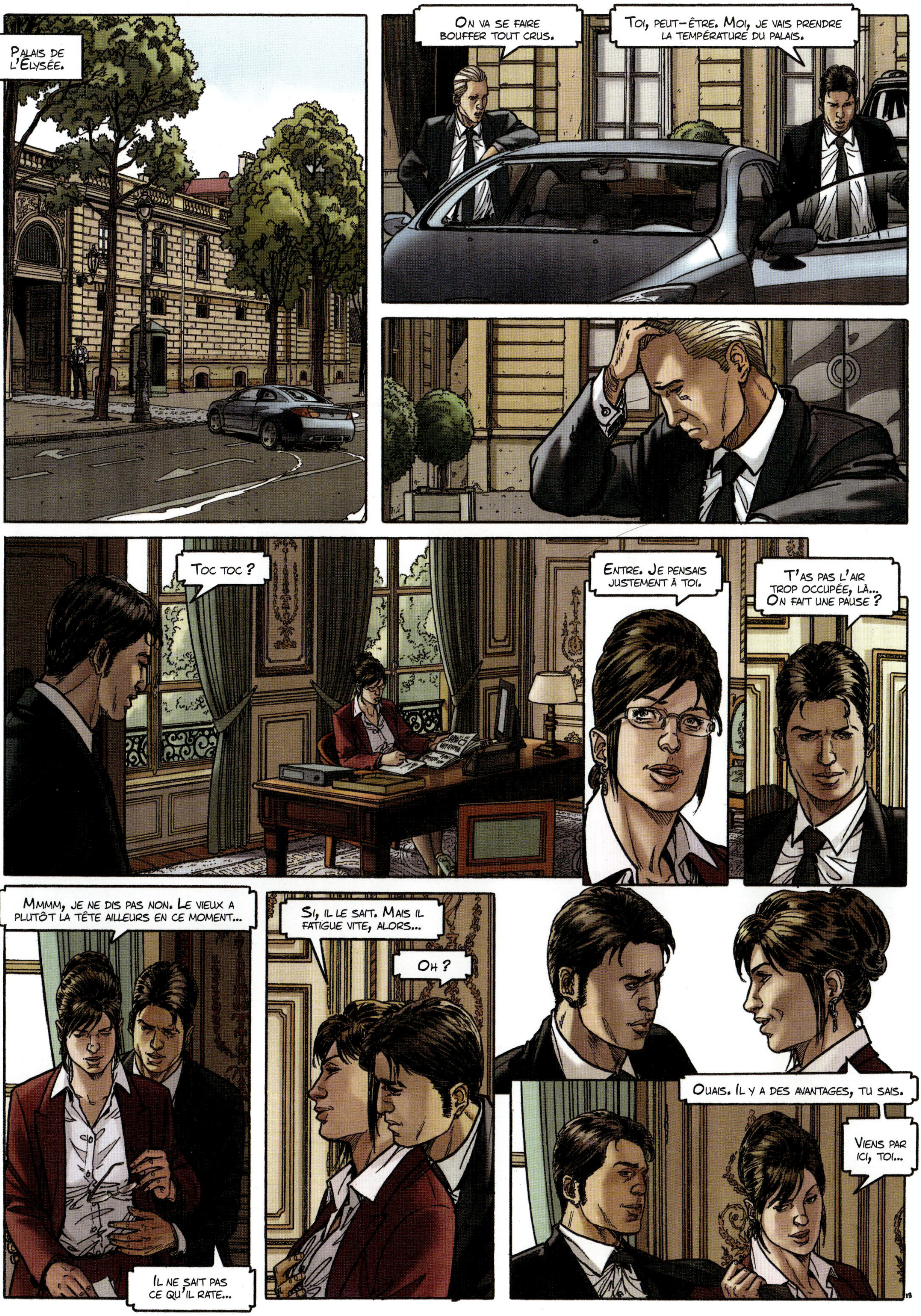

Palais de l'Élysée.
On va se faire bouffer tout crus.
Toi, peut-être. Moi, je vais prendre la température du palais.
Toc toc ?
Entre. Je pensais justement à toi.
T'as pas l'air trop occupée, là... On fait une pause ?
Mmmm, je ne dis pas non. Le vieux a plutôt la tête ailleurs en ce moment...
Il ne sait pas ce qu'il rate...
Si, il le sait. Mais il fatigue vite, alors...
Oh ?
Ouais. Il y a des avantages, tu sais.
Viens par ici, toi...
13

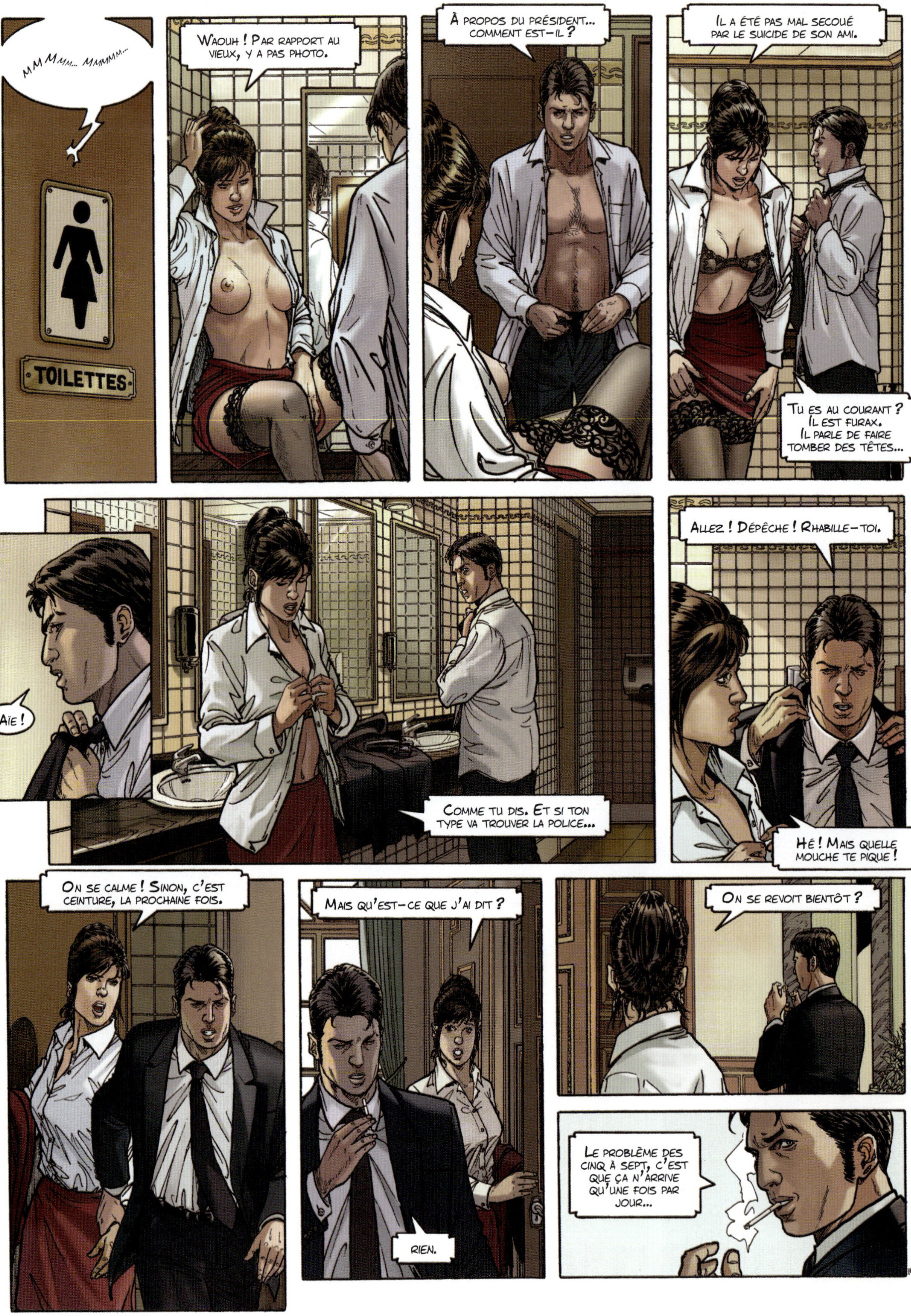
MMMmm… MMMMM…
TOILETTES
WAOUH ! PAR RAPPORT AU VIEUX, Y A PAS PHOTO.
À PROPOS DU PRÉSIDENT… COMMENT EST-IL ?
IL A ÉTÉ PAS MAL SECOUÉ PAR LE SUICIDE DE SON AMI.
TU ES AU COURANT ? IL EST FURAX. IL PARLE DE FAIRE TOMBER DES TÊTES…
AÏE !
COMME TU DIS. ET SI TON TYPE VA TROUVER LA POLICE…
ALLEZ ! DÉPÊCHE ! RHABILLE-TOI.
HÉ ! MAIS QUELLE MOUCHE TE PIQUE !
ON SE CALME ! SINON, C'EST CEINTURE, LA PROCHAINE FOIS.
MAIS QU'EST-CE QUE J'AI DIT ?
RIEN.
ON SE REVOIT BIENTÔT ?
LE PROBLÈME DES CINQ À SEPT, C'EST QUE ÇA N'ARRIVE QU'UNE FOIS PAR JOUR…

Je t'écoute, Paul.
On a une interception ESSAIM. Ça ne va pas te plaire...
OK, j'arrive.
Version papier ou audio ?
Audio. Je veux entendre sa voix.
Tu vas pas être déçu. Il a dû se pisser dessus tellement il flippait.
Hum hum !
Ah ! Ça ? Promis, je l'éteins avant le filtre.
Éteins-la, s'il te plaît. C'est pas bon dans une salle info...
Pauvres petites machines. Pff.

* En 1973, des micros furent posés au siège du "Canard enchaîné". Découverts en plein "travail", les auteurs réussirent à s'enfuir et ne furent jamais formellement identifiés... même si la DST fut très fortement soupçonnée.

Au fait, il se trouvait à République. Dupré a envoyé un gars, mais il avait déjà filé.
Ah ! Voilà.
Vous avez éteint votre portable ?
Oui. Pourquoi ?
Parce qu'ils ont déjà dû vous localiser.
Qu'est-ce que je dois faire ?
Vous dites avoir vu une personne en tuer une autre au palais de l'Élysée ?
Oui. Dans un grand bureau. J'ai même une vidéo.
Oh ! Putain ! Le patron est au courant ?
Il a eu une copie de tous les enregistrements...
Je suis mort.
Quoi ? Vous l'avez filmé ?!?
Ouais, avec mon téléphone. C'est pas d'une grande qualité mais...
OK ! Noyez-vous dans la foule pour le moment. Je peux vous voir ce soir. 23 h 00. Parc des Buttes Chaumont, près du belvédère. On sera seuls et on pourra facilement surveiller les abords.
D'accord. Merci.
CLAC
Tu as un nouveau client – enfin cliente – et plutôt du genre prévoyant.
Ouais. Ça va devenir sport.
Tu fais couper la ligne de Maretti. Il ne doit pas pouvoir envoyer sa vidéo.

SISCO ! DANS MON BUREAU ! IMMÉDIATEMENT !
ET MERDE...
TIENS ? T'ES LÀ ?
JE SUPPOSE QUE VOUS ÊTES AU COURANT ? VOUS AVEZ SACRÉMENT MERDÉ !
MONSIEUR, C'EST UN MANQUE DE CHANCE ET...
ÇA SUFFIT ! SI VOUS NE TENEZ PAS À SAVOIR CE QUE SONT RÉELLEMENT DES CIRCONSTANCES MALHEUREUSES...
TOC TOC
ENTREZ !
NOTRE PREMIER COMMUNIQUÉ DE PRESSE, MONSIEUR. NOUS L'AVONS RETOUCHÉ POUR FORCER UN PEU LE PORTRAIT. AU CAS OÙ ÇA FUITERAIT QUAND MÊME.
LE TYPE EST AUX ABOIS ET JE VAIS LE CHOPER.
ET TU COMPTES FAIRE ÇA DEVANT L'APPAREIL PHOTO DE LA JOURNALISTE ?
JE VAIS TE...
ASSEZ !
LEGOFF, DEHORS ! ALLEZ VOIR SI J'Y SUIS.
SISCO, JE T'ATTENDS PRÈS DE LA VOITURE.

Sisco et Verrat, le premier qui moufte, je le vire du Service à grands coups de pompe, sans tambour ni trompettes, direct à la rue.
Pour que les choses soient bien claires. Vous bossez dans la même équipe : la mienne. Le prochain qui l'oublie s'en mordra plus que les doigts. Compris ?
Bon. Allez, je vous ai assez vus.
Sisco, encore une minute.
Ce coup-ci, t'es bon pour la savonnette.
Pas possible, il y a déjà ton nom dessus.
On a lancé un mandat prioritaire sur Maretti. La belle Raison d'Etat. Si les flics le serrent, il sera pour nous. On ne sait jamais.
Voilà l'adresse de Saint-Servan. En attendant ce soir, vous allez me nettoyer son appart comme il faut. Vous irez voir aussi le député Lachasse.
Le larbin est déjà de retour pour lécher les bottes ?
Non. Aujourd'hui, c'est jour de fête. Je prépare ta tombe.
La récré est finie, les enfants. Va falloir penser à bosser un peu...

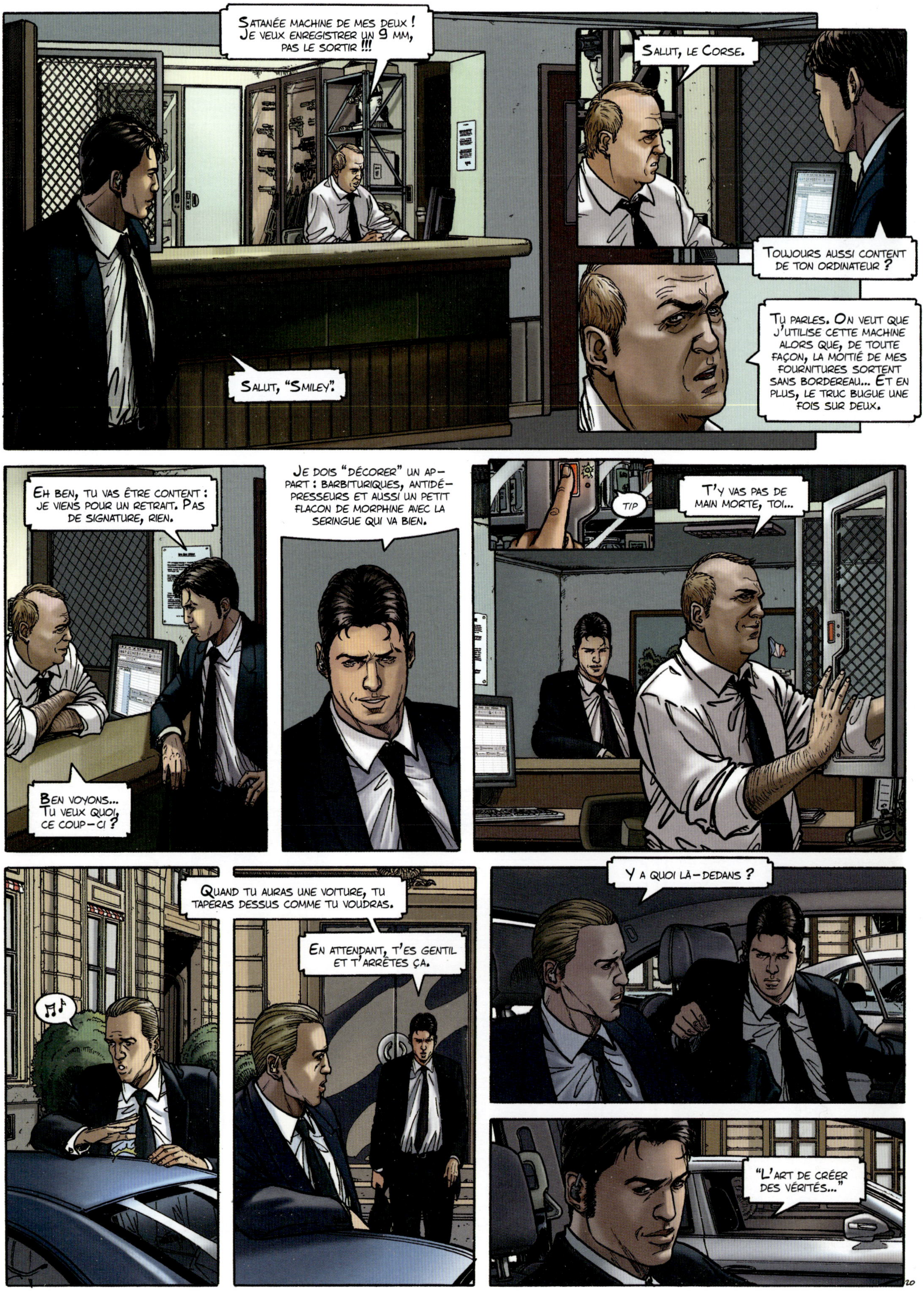
Satanée machine de mes deux ! Je veux enregistrer un 9 mm, pas le sortir !!!
Salut, "Smiley".
Salut, le Corse.
Toujours aussi content de ton ordinateur ?
Tu parles. On veut que j'utilise cette machine alors que, de toute façon, la moitié de mes fournitures sortent sans bordereau... Et en plus, le truc bugue une fois sur deux.
Eh ben, tu vas être content : je viens pour un retrait. Pas de signature, rien.
Ben voyons... Tu veux quoi, ce coup-ci ?
Je dois "décorer" un appart : barbituriques, antidépresseurs et aussi un petit flacon de morphine avec la seringue qui va bien.
TIP
T'y vas pas de main morte, toi...
♫♪
Quand tu auras une voiture, tu taperas dessus comme tu voudras.
En attendant, t'es gentil et t'arrêtes ça.
Y a quoi là-dedans ?
"L'art de créer des vérités..."

C'est vraiment pas ma journée.
Puisqu'on est coincés, si tu me mettais au parfum...
Patel est un homme d'affaires plutôt... avisé. Il s'est monté un vrai business avec le président.
Allez ! Je sais déjà que Patel est le grand copain du président. Il paraît que le "pacha" ne jure que par lui pour sa politique industrielle...
Il paraît.
Allez ! Crache le morceau !
OK...
Donc, s'il y a un scandale Patel, le "pacha" peut se retrouver dans la dèche...

Quoi comme business ?
Pourquoi ? T'es intéressé ?
Ben, on ne sait jamais... Ça a l'air plutôt cool.
T'es du genre fouineur, c'est ça ?
Un peu curieux, c'est tout.
Fais gaffe, c'est parfois une mauvaise maladie.
Ouais, mais nan. Je mène ma barque, t'inquiète.
OK, curieux. La seule chose que tu dois savoir, c'est que le grand copain a une spécialité : les intermédiaires inutiles touchant les grosses com'.
Ça doit rapporter, vu sa bagnole. Tu savais qu'il avait le dernier modèle de Jaguar ?
Je m'en fous. Je pense plutôt au blé. Le "pacha" s'est fait un de ces matelas, sans parler de tous ses copains...
Ah ouais ?
Ouais. Bon, on y est.

France Info. Flash spécial !
Un proche conseiller du Président, Gilles Saint-Servan, s'est donné la mort dans son bureau ce matin.
?!
Suicide à l'Élysée...
Sur place, notre envoyé spécial, Jean Merson.
Sûreté Nationale.
C'est pour ça que vous êtes là ? C'est ça ?
L'appartement de Monsieur Saint-Servan ?
Au second. Pouvez pas vous tromper, y a qu'un appartement par étage.
Ben mon vieux. Qui l'aurait cru ?
Tu t'occupes de son bureau et de son ordinateur.

Qu'est-ce qu'on cherche ?
Tout ce qui concerne le « Pacha » et Patel. On ne laisse rien traîner.
Tu feras aussi la bibliothèque. Je me charge de la chambre.
Ça marche !

Et voilà un grand dépressif. Un vrai camé.
Vraiment accro. C'est pas bien.
Et maintenant, la petite touche finale.
Ça va peut-être faire un peu trop...
Bah... Tant qu'on y est...
Sisco ?

J'ai trouvé tout ça. J'en fais quoi ? Je le brûle ?
Non, le patron voudra les lire avant. On les embarque.
Et toi, de ton côté ?
R.A.S.
Vas-y, je te rejoins.
Bien évidemment, vous n'avez rien vu, rien entendu...
Il ne s'est rien passé. D'ailleurs, vous partez ce soir en voyage. L'Égypte. Vu ?
Oui, oui. Merci.

On rentre ?
Non. On va faire la tournée des grands-ducs.
RAAAHHH !
Tu devrais poser ton carton derrière...
HUMPF !
Attends, je vais t'aider.
BORDEL DE M...
VROM
088 TUR 75
T'es gentil, mais la prochaine fois, ne m'aide pas.
Pfff ! Les âmes charitables ne sont jamais récompensées...
Mais arrête, merde !
BLAF !

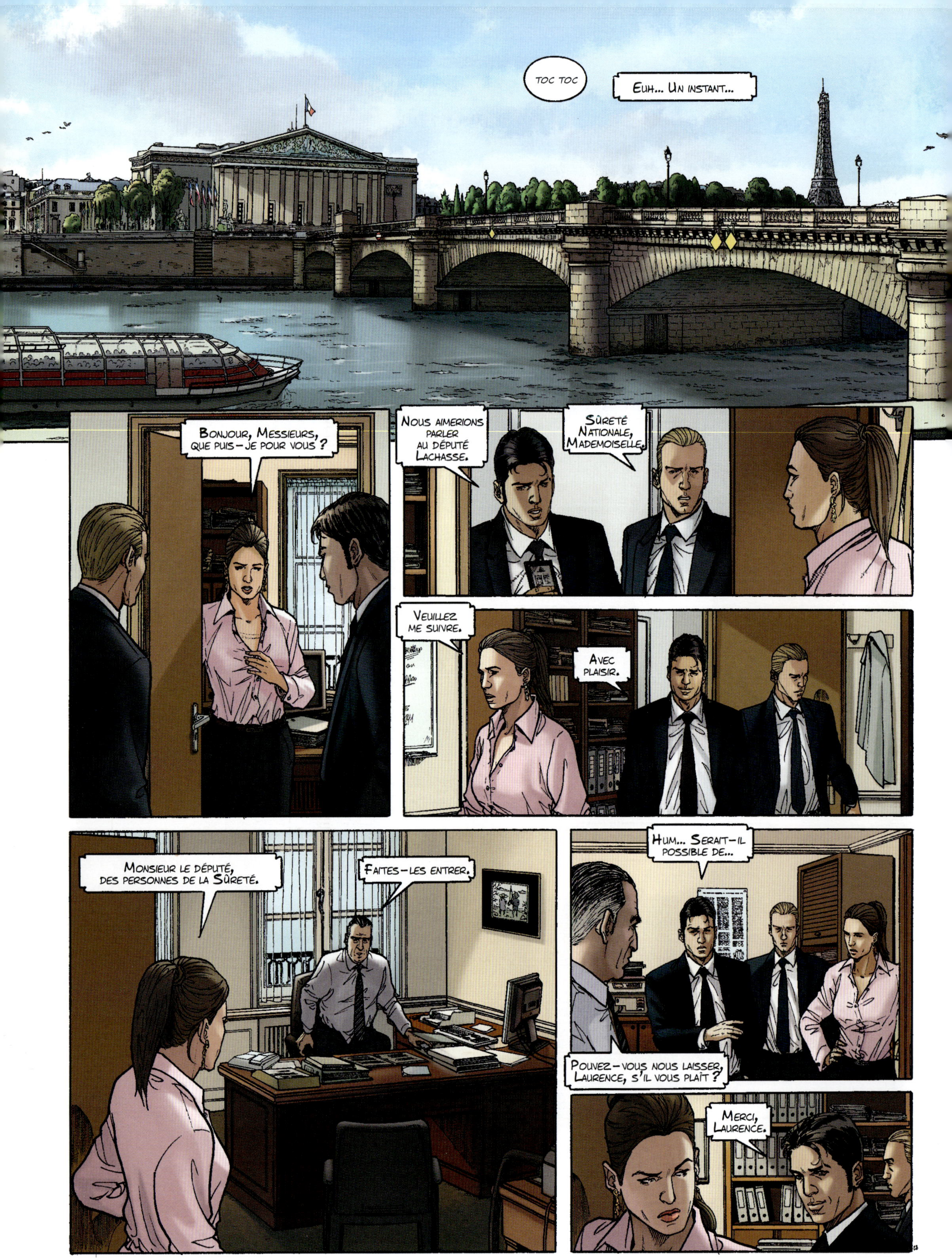
TOC TOC
EUH... UN INSTANT...
BONJOUR, MESSIEURS, QUE PUIS-JE POUR VOUS ?
NOUS AIMERIONS PARLER AU DÉPUTÉ LACHASSE.
SÛRETÉ NATIONALE, MADEMOISELLE.
VEUILLEZ ME SUIVRE.
AVEC PLAISIR.
MONSIEUR LE DÉPUTÉ, DES PERSONNES DE LA SÛRETÉ.
FAITES-LES ENTRER.
HUM... SERAIT-IL POSSIBLE DE...
POUVEZ-VOUS NOUS LAISSER, LAURENCE, S'IL VOUS PLAÎT ?
MERCI, LAURENCE.

Je vous écoute, Messieurs... ?
Legoff et Sisco-Castiglioni.
Monsieur, vous êtes sûrement au courant de la mort... euh... prématurée de Monsieur Saint-Servan ?
Oui. Une bien triste nouvelle. Un véritable choc... vraiment soudain.
Soudain. C'est le mot. C'est d'ailleurs gênant pour le Palais...
J'imagine, Monsieur Sisco-Cassi...
Sisco-Castiglioni, c'est corse, mais arrêtez-vous à Sisco, ça ira.
Vous comprenez donc que le Pal...
Monsieur le député, vous n'êtes pas raisonnable.
Je... euh... J'enregistrais un discours...
... Et vous l'avez oublié ?
Clic

Nous comprenons votre tristesse, même si vous vous inquiétiez déjà depuis quelque temps de sa santé, tant physique que nerveuse.
Mais pas du tout ! Il se portait très bien et...
... et, malgré tout, vous vous doutiez que son opération récente l'avait fatigué.
D'ailleurs, il faisait une petite dépression. Vous vous en inquiétiez.
C'est-à-dire que... Bien sûr, si on me le demande...
On vous le demande.
Ah ?
Je suppose que je n'ai pas le choix.
Monsieur le député, vous ne pouvez pas hésiter quand il s'agit d'un vieil ami qui vous avait présenté à M. Patel...
Vous seriez le bienvenu si vous vous adressiez aux médias dans ce sens...
Je ne peux pas !
Bien sûr que si. Vous êtes politicien, non ?
Je crois que le député aura besoin de vous, Laurence.

LEGOFF ? VERRAT. JE VEUX QUE TU RAPPLIQUES, MAINTENANT.
TILITT !
QU'EST-CE QUI SE PASSE ?
C'EST QUI ?
JE PRENDS LA MAIN, BRIEFING POUR L'INTERCEPTION DU TÉMOIN DANS 15 MINUTES AU Q.G. RAMÈNE TES FESSES.
ALORS ? TU ACCOUCHES ?
ÇA VA PAS TE PLAIRE...
C'EST VERRAT QUI DIRIGE LA MANŒUVRE CE SOIR.
QUOI ?!?
ESPÈCE DE SALOPARD ! JE VAIS LUI FAIRE BOUFFER SON FLINGUE.
TU TE BOUGES, OUI ?
088 TUR 75

... EFFECTIF RÉDUIT À CAUSE DU G8. ON FERA AVEC. MARTIN ET GASSIER, VOUS VOUS PLACEREZ ICI. MONNIER ET BUGNES, VOUS VOUS METTR...
VERRAT ! À QUOI TU JOUES, BORDEL ?!
ON NE JOUE PLUS, JUSTEMENT. T'ES PLUS DANS LE COUP, C'EST TOUT.
TE FOUS PAS DE MOI ! C'EST MON OPÉRATION, ET JE...
NON, PLUS MAINTENANT.
ATTENDEZ, VOUS NE POUVEZ PAS ME VIRER MAINTENANT.
TU N'ES PAS VIRÉ, TU ES JUSTE HORS CIRCUIT POUR CE COUP-LÀ.
DÉSOLÉ, GARÇON, MAIS LE PRÉSIDENT DEVIENT NERVEUX, ET C'EST LUI QUI DÉCIDE.
TU PEUX PAS T'EN EMPÊCHER, HEIN ? T'ES ENCORE ALLÉ LÉCHER DES BOTTES ?
TU PEUX BAVER TANT QUE TU VEUX, MAIS TU VAS LE FAIRE DEHORS.
SLAM !
TU VAS OÙ, LÀ ?
TU RESTES, ON NE SERA PAS TROP NOMBREUX.

DEUX EN POSITION...
... AU SOMMET. L'AUTRE PASSERELLE EST EN TRAVAUX ET FERMÉE, ON SE CONCENTRE SUR LE PETIT PONT.
VISIBILITÉ ULTRA-RÉDUITE À CAUSE DE LA PLUIE. ÇA NE VA PAS ÊTRE FOLICHON.
DEUX : RESTEZ EN POSITION, TROP TARD POUR BOUGER... TROIS : SITUATION ?
TROIS EN POSITION, MAIS C'EST LA MERDE : ON PATAUGE GRAVE.
M'EN FOUS ! SILENCE RADIO À PARTIR DE MAINTENANT.

Un, cible potentielle sur votre droite... 300 mètres.
Deux, gardez le contact, nous n'avons pas de visuel.
On n'est pas assez nombreux, et, en plus, on s'enlise !
Chuuut !
J'aurais dû prendre des palmes, mes pompes sont totalement ruinées...
La ferme, je te dis !
Verrat, on a une autre cible près du pont. Je sais pas d'où elle sort.
On l'a.
Monsieur Maretti ?
Je suis Léa Dalmont.
Vous pouvez pas savoir comment je suis content de vous voir...
Identification confirmée, je répète : confirmée. On intercepte les deux cibles.

... Et là, le type a sorti une arme et...
Vous avez prévenu quelqu'un d'autre ?
Euh... non, juste vous. Pourquoi ?
Il ne faut pas rester là. Vite !
Oh non !
Merde ! Y s'font la malle. GO ! GO ! GO !

On coupe par là.
Je fais ce que je peux !
Tenez, prenez ça.
Plus vite ! Il faut absolument sortir d'ici.
PLAF

THUG
THUG
Bonne Mère !
Ne tirez que sur ordre, bon sang ! On les chope vivants !
Mais qu'est-ce qu'ils foutent ?!?
Il faut se séparer.
Nooonn ! Pfff pfff. Me laissez pas tomber. Pfff.
C'est notre seule chance.
Partez par là !

Ils se sont séparés. Monnier avec nous sur Maretti, plein est. Les autres, vous retrouvez la fille.
Tu la vois ?
Là !

Et merde...
Cible 2 perdue. Je répète...
... Cible 2 perdue.

SHTOK
Et voilà le meilleur qui se pointe après la bataille...
Qu'est-ce que tu fous ici ?!?
ARH...
T'as pas compris : t'es hors-jeu. Out. À la rue.
Je ne crois pas...
PCHHH
La donne vient juste de changer et tu perds la main.
Je ne le trouve pas !
Où est ton téléphone ?!?
Je l'ai perdu... S'il vous plaît... J'ai besoin d'un médecin... Ma jambe...
Perdu ? Ben voyons !
Ne t'inquiète pas. On va t'emmener voir un toubib.

On l'emmène à la « Clinique ».
Fais pas ça ! Borowsky doit plus être à jeun depuis trois bonnes heures !
T'occupe. Je l'aiderai, au besoin...
THUG
Il remonte à quand ton dernier entretien avec la psy du service ?
Espèce d...
Un conseil...
... retiens-toi.
Ça t'évitera de vouloir nous suivre...

La « Clinique ».
Aux environs de Clamart.
AAAARGHH !
Arrêtez ! Par pitié !
Donc, je repose la question...
... Où est ton téléphone avec la vidéo ?
Vous allez me tuer ? C'est ça ?
Ça, c'est pour moi.
Te tuer fait partie des options, oui. À moins que tu ne coopères, ce qui n'est pas le cas pour le moment...

Je vous en prie...
Vous saviez que c'est la marque préférée des rois anglais ?
Et ça ne vous réussit pas mieux qu'à eux.
Ça vous ennuierait de bosser un peu ?
Raaah ! On peut y retourner, maintenant.
Non ! Non ! J'ai donné le téléphone à la journaliste, je l'ai plus !
Sans blague ! On vous a pas lâchés dans le parc, la journaliste et toi, et on n'a rien vu.
En courant... Je lui ai donné en courant.
Tu me prends pour une buse ? On va s'attaquer à ton autre genou... Borowsky ?
Je lui ai donné ! J'vous jure !
À ton avis ?
Il flippe trop pour mentir.
C'est exactement ça. J'espère que tu as pris des notes.
Il est à toi, Legoff. C'est cadeau.
43

T'as été rapide pour changer ton pneu.
Toi, tu la fermes, et tu restes gentiment dans ta caisse.
Mauvaise nouvelle, les gars : Sisco qui se pointe.
Gassier, Monnier, bloquez-le moi !
Je veux voir Verrat.
Désolé, Sisco, mais ça ne va pas être possible.
Laisse-moi passer. M'oblige pas à t'en coller une...
J'applique seulement les ordres, mon vieux.
SHLA
THOK
?!
BLAM

TROP TARD. C'EST CON, HEIN ?
C'EST PAS VRAI ! T'ES COMPLÈTEMENT ATTEINT.
T'ES CONTENT ? T'AS EU CE QUE TU VOULAIS ?
VIENS PAS FAIRE TA CHOCHOTTE QUAND JE RATTRAPE TES CONNERIES.
J'AI PAS PERDU LA JOURNALISTE QUI AVAIT TROIS GARS SUR LE DOS...
VAS-Y, FAIS LE MALIN : C'EST ELLE QUI A LA VIDÉO, MAINTENANT.
?!?
AH BRAVO ! JOLI !
CLAP CLAP
T'AS JUSTE AGGRAVÉ LA SITUATION. FÉLICITATIONS.

Suite et fin de l'épisode dans
« Faites-la taire ! »